Choro de Homem

Choro de Homem

C O N T O S

MARCOS RODRIGUES

Ateliê Editorial

Copyright © 2001 Marcos Rodrigues

Direitos reservados e protegidos pela Lei 9.610 de 19.02.1998.
É proibida a reprodução total ou parcial sem autorização, por escrito, da editora.

ISBN 85-7480-058-9

Editor: Plinio Martins Filho

Direitos reservados à
ATELIÊ EDITORIAL
Rua Manuel Pereira Leite, 15
06709-280 – Granja Viana – Cotia – SP
Telefax (11) 4612-9666
www.atelie.com.br   atelie_editorial@uol.com.br

2001
Impresso no Brasil
Foi feito depósito legal

Para Caio e Marília

Sumário

11	Pousio
13	Expresso
15	Zacharias
19	Madrugada
21	Longa tarde
23	Danças
25	Urca
29	Certeza
31	Configuração
33	Visita
35	Proa
37	Corpo
39	Elisa
45	Eu
47	Escolha
49	Alfred
51	Kin Showa
53	Qualquer uma
57	Requiescat
59	Meus canivetes
61	Minerva
63	Bolas
65	Baú
67	O quinto copo
69	Longa rota
71	Nursery
73	Tempo
75	Meninos
77	Desejo
79	Choro de homem
81	Só
83	Obra-prima
85	As coisas
87	Esse filhos da puta

CHORO DE HOMEM

89	Tendas	107	Armazém
91	Triângulos	109	Espaço
93	The Spaniards	111	É possível
95	Algo naval	113	Tabellae defixionum
97	Oyacucho	115	Os meninos
99	Aceiro	117	Toda justa
101	Amaro	119	Déjà vu
103	Muro	121	Patrícia
105	Fronteira	125	Fim

Pousio

Pois é claro que a terra precisa descansar. Descansar é não produzir. É não ter que produzir. É mais. É se deixar chover, se deixar molhar. Deixar irrigar os grãos. É se deixar alimentar por canais insuspeitos, nutrir pelos mortos e por alguns poucos vivos. É receber lixo e incorporar todo o orgânico que a rodeia. É deixar que pousem e caminhem por sobre. É mesmo aceitar excrementos. É receber descargas elétricas. Deixar que venha o vento e que vente. Que traga também aromas, pó e pólen. Algum vagabundo. É deixar que por ali caminhem uns e repousem outros. É acolher o crescimento da variedade desconhecida. É, principalmente, receber calor e luz vindos de cima.

Foi no primeiro de janeiro que o professor Miranda, com esta conversa mole e fortemente apoiado em argumento de similaridade, comunicou à pasma mulher que naquele ano não faria nada. Absolutamente nada. Seu cérebro estaria em pousio – disse à janela, contemplando o horizonte.

Expresso

Eu estava com ela àquela época. Isto já deve fazer uns vinte anos. Tomávamos um expresso precisamente na Avenue de Pigonnet em Aix-en-Provence. Ela era jovem, muito bonita e sobretudo elegante. Era alta. Tinha longas pernas que cruzava de maneira singular.

Era uma maravilhosa tarde de primavera, fins de maio. A cidade estava cheia de flores. Preparada para turistas, mas ainda sem os turistas. Não podia ser melhor. Nós estávamos em uma pequena mesa separados da calçada por uma floreira de onde os gerânios pendiam vermelhos, abundantes. As coxas dela, que eu acompanhava pela fenda de seu vestido branco, eram perfeitas. Como também eram os gerânios, o agradável carinho da brisa, o café e tudo o mais. Eu fruía este fortuito arranjo de prazeres. Um desses momentos da vida.

De onde estávamos se podia avistar um cruzamento de pedestres. E foi desse cruzamento que se aproximou um homem cego. Terno creme, sapato creme, bengala branca e um boné sereno. Uma figura bem cuidada. Elegante. Cegos me deixam apreensivo, mas a facilidade com que alcançou o poste e apertou um grande botão mostrou que ele conhecia o lugar.

Um labrador também creme, com notável simpatia corporal, perambulava por ali. Aproximou-se do cego, levantou a perna direita e urinou na bengala branca. Molhou a calça e o sapato creme. Fiquei abalado. Ela riu discretamente.

O senhor, sem perda da compostura, deu uma sacudidela na calça e com agilidade tirou do bolso um lingote de chocolate que foi abrindo e abaixando enquanto beijava o ar. Chamava o cachorro.

Fiquei surpreso com a reação, mas não o labrador, que logo voltou ao homem.

No preciso momento em que o cachorro passou a língua na ponta do chocolate, o senhor, com agilidade inesperada, deu-lhe certeiro pontapé na cabeça. O cão soltou um breve grunhido e tombou. O cego, que já ouvira o verde sonoro, atravessou a rua imperturbado.

Não pude conter meu riso e, desta vez, foi ela quem ficou abalada.

Mas o curioso de tudo isso, não sei se coincidência ou inspiração, é que dois anos mais tarde ocorreu a mesma coisa entre nós.

Modo de dizer.

Zacharias

Sempre fui amigo do Fagundes, mas não do Zacharias, apesar dos dois serem meus vizinhos de cerca. O sítio do Fagundes no espigão, alto e arejado. O do Zacharias, num grotão, escuro, mas bem servido de água. Os dois eram sócios de uma metalúrgica; ricos, mas muito simples. Estavam sempre por lá. O Fagundes com a família, mulher, filhos e netos. O Zacharias ia sempre só. Andava de sandália, calção e camiseta. Para cá e para lá, numa camionete descuidada. No sábado eu o via jogando dominó na praça. Eu sabia pouco dele, só o que ouvia na vila. Sei que cobriu uma dona de boteco por anos. Mantinha também umas visitas por aqui e por ali. Diziam que gostava de bunda. Não propriamente mulher com bunda, corrigiam, gostava de bunda com mulher.

O fato é que um dia o Zacharias morreu em cama de mulher, no Lavapé. Morreu de parada cardíaca. Fulminante, simplesmente parou de funcionar. O Zacharias morreu em pecado.

CHORO DE HOMEM

O Fagundes foi buscar o corpo. Fiel, em silêncio, levou o corpo para morrer de novo na cama do sítio. Acertou o médico, saiu com o atestado de óbito perfeito. Desfez a encrenca. O Zacharias morreu de novo. Desta vez só, no grotão. Tudo direitinho para a família. A notícia da morte correu a vila. Seu Zacharias morreu um santo.

Mas a história vazou. Houve comoção entre os vizinhos. Sobretudo, entre as vizinhas. O descarado havia morrido na cama de outra, e a mulher cuidando das crianças na capital.

Uma falta de respeito. Um vexame que respingou no Fagundes. Imagine a mulher enterrando um descarado daqueles na frente dos filhos, diziam. Pela certa, a coitada ainda teve de chorar para manter as aparências. Não houve perdão. Dessa vez seu Zacharias morreu bandido.

Passada uma semana, correu a notícia de que a mulher do Zacharias há muitos anos estava em coma. Um vegetal. Por isso ela não ia ao sítio. Por isso ele desanuviava no fim de semana. Coitado do seu Zacharias, diziam então. Homem bom. Homem simples. Dava carona, jogava dominó e andava de sandália. Que bela imagem, a dele. Seu Zacharias então morreu bom.

Passaram mais uns meses, o Zacharias já realmente findo, e a família veio ao sítio. A mulher era bonitona, alegre. Ria muito, falava com todos. Veio com as três filhas, os genros e uma netarada, uma festa no casarão. Gente boa. Os vizinhos souberam de tudo e foi o que bastou. Nessa derradeira, seu Zacharias morreu canalha. Coisa braba mesmo, condenado a arder no inferno.

Não sou muito de fazer juízo, mas foi injusto o fim do Zacharias. Eu, que conheci a família naquele fim de semana, não quis prosseguir com o tormento. Mas que a mulher dele não tinha bunda, não tinha mesmo.

Madrugada

À noite, o filé do Moraes. Grande, alto e frito. Coberto de alho. Pesado. Na madrugada, a falta de ar. A compressão. A horrorosa sensação de estrangulamento. O grito preso que sai urro. Acordo com ela me sacudindo.

Acendo a luz, vou lavar o rosto. Pergunto que marca é essa no pescoço.

– Qual pescoço? – pergunta ela.

Longa Tarde

Eu teria meus dez anos. Após a chuva, numa tarde de verão, eu dava lá uns tiros de chumbinho no quintal de meu avô. As imensas jabuticabeiras carregadas me atraíam, não só pela doçura do fruto, mas pelos abundantes alvos negros, que também atraíam os sabiás.

Eu ouvia o canto e busquei a origem em meio à galharada. Nunca foi do meu feitio, mas debaixo da imensa árvore, apoiado numa forquilha de primeira, descansei a mira e, sem vacilar, disparei. Coisa de menino.

Ele veio abaixo, num bater aflitivo de asas que, na contraluz, me deixou paralisado. O baque foi abafado pelas folhas úmidas. Para meu desespero, as asas continuaram farfalhando ali no chão à minha frente. Não consegui me aproximar. Havia transposto um limiar. Dali mesmo atirei uma vez e mais três para acabar com a nossa aflição. Fiquei lá por um tempo parado.

CHORO DE HOMEM

Voltei para dentro da casa, sem dizer nada. Não tive medo. Entendi que já havia sido punido.

Enganei-me. Mesmo com o passar dos anos nunca mais pude escutar sabiá. Sobretudo em dias de chuva. Tenho a sensação de que não existem aves, só o canto que se desprende da mata. Espectral. Manado dos troncos, em meio às folhas. De uma ave única, triste e abstrata, que persiste e me acompanha.

Danças

Ela era mãe, esposa e um vazio. Um enorme vazio, que ele cobria com calor.

Naquela noite ele viu o casal dançar. Na contraluz: percebia a forma das coxas no vestido leve, o movimento dos cabelos soltos e traços do sorriso conhecido.

Viu tudo sem nenhum rancor. Não sentiu inveja, só leve cobiça. Dançaria com ela até um certo olhar, entraria então por todo o além.

Gostava muito dela. Não viveria com ela.

Isso era com o marido.

Urca

Ainda era dia, eu estava só no bar e não esperava ninguém. As poucas mesas ocupadas não me prendiam a atenção. Eu bebia.

À minha esquerda, sentou-se um casal jovem. Ele, um tipo comum, envernizado; ela, mais entalhada. Logo pediram bebida e começaram a conversar. Falava mais ela que ele. Não me chamaram a atenção por um bom tempo. Mas logo, pela proximidade das mesas, fui me envolvendo com a conversa. Eu não os ouvia a ponto de entender o que diziam, mas a moça levantava o queixo para frente e falava baixinho, com os olhos meio fechados, ameaçadores. Depois, comecei a notar a entonação e as pausas. Toda a conversa ia me transmitindo uma desagradável tensão, apesar de eu não estar entendendo uma palavra sequer. Era como se eu acompanhasse a briga de um contido casal búlgaro.

A conversa dos dois também era percebida pelas outras mesas, que foram então se aquietando e eu, sem qualquer intenção, de repente estava ouvindo tudo. Como se estivesse no quarto deles. Minha atitude curiosamente mudou. A desagradável tensão se esvaiu. Despertei *voyeur* e agucei o ouvido.

Ela completava suas duras asserções com perguntas irrespondíveis no âmbito do comportamento civilizado. Ele também falava, mas muito menos. Estava encostado nas cordas e se esquivava com uns movimentos de cabeça, umas tragadas de cigarro e uns resmungos conciliadores. A coisa estava feia. Imaginei que o pobre não tinha escapatória. Ele claramente procurava espaço, queria sair do ringue. Pelo menos sair das cordas.

Mas isso só fazia recrudescer a raiva da moça que foi então, gradualmente, levando o rapaz para o córner. Ele estava encurralado, isso para mim era claro. E eu que a princípio a julgava somente agressiva, mudei. Ela era uma matadora. Ele só não caía porque ela não interrompia a saraivada.

Essas estúpidas reflexões devem ter desviado minha atenção por alguma fração de segundo. Quando me apercebi, ela estava dizendo pausadamente, com agressiva articulação maxilar e labial, o nome de uma mulher. Articulava esse nome com os olhos arregalados, transparecendo satisfação e balançando a cabeça de modo afirmativo. Quando se calou estava com o queixo alto. Sinalizava claramente um ponto final qualquer.

Ele inclinou um pouco a cabeça, apoiou o cotovelo esquerdo na mesa e então sua mão direita descreveu um longo arco que se encerrou na orelha esquerda da moça. As vibrações desse tapão se propagaram naquela atmosfera pesada e todos, que até então olhavam e escutavam de esguelha, voltaram-se para aquela explosão passional. Eu estava tão perto e ouvindo tanto que me senti culpado. O fato é que todas as retinas do bar registraram a mesma cena. A moça com a mão na orelha esquerda, o rosto em dor abaixado, e o rapaz com olhar furioso olhando para o alto, na parede ao fundo.

Essa imagem foi então recebida por todos aqueles cérebros que a processaram em conjunção com diferentes conceitos, informações, pressupostos, preconceitos, falácias, aforismos, novelas e manchetes. Não obstante a variedade genética e cultural ali presente, o irresponsável e incompetente processar dos pequenos cérebros levou todos ao mesmo lugar. Estavam todos indignados. Eu vi que estavam.

Eu, o único próximo, sei que ela era uma torturadora impiedosa. Ele, não sei quem era. Sei apenas que a frase sussurrada, seguida do nome de mulher, o converteu de cachorro morto em tigre fulminante. À luz do que ouvi, ele foi um cavalheiro. Preocupado em não magoá-la, deu a resposta menos dolorosa. Esquentou-lhe a orelha, apenas uma. Fosse ele da laia dela, teria berrado algo sobre seu busto achatado. Ou pior, teria urrado para todos seu desgosto com a nova preferência sexual daquela maldita.

Certeza

Foram quatro bilhetes que reli mil vezes. Eu buscava um sinal firme e claro, que não encontrava. Nem no primeiro, nem no segundo. Garimpei um sentido duplo no terceiro, que parecia reforçado no quarto. Mas era só isso, me faltava a certeza.

Aquilo me arrepiava as canelas, me gelava a espinha. Eu não podia dar o bote errado, cair no vazio. Foi um tempo bruto, mas eu agüentei firme.

Sabendo que não viriam outros, li tudo de novo. Muitas e muitas vezes, mas não resolvia. Me faltava sempre a certeza, a tal bendita certeza que só fui encontrar, anos mais tarde, na duração de um olhar.

Configuração

Dos cem milhões de possíveis configurações que poderiam resultar de uma desconhecida cópula, noventa e nove milhões, novecentos e noventa e nove mil e novecentos e noventa e nove foram descartadas pelo destino. Avultou uma. Esta uma percorreu então incomensurável sucessão de circunstâncias, possivelmente complexas e até perigosas.

O fato é que ali estava ela, sentada à minha frente. Sensual e encantadora. Integralmente construída em mim.

Visita

Ele ali, que abriu o portão para a senhora, é quem começa tudo. Quando acorda, desce para tirar o leite. E os gansos, lá embaixo, que a senhora pode ver daqui, fazem uma barulheira danada quando ele passa por lá. Com isto eu acordo e vou andar. Saio em silêncio e quando volto, e somente quando volto, aquele cachorro forte, que a senhora viu lá em cima, late. Gosto de pensar que em regozijo. Aí ela, que a senhora viu na cozinha, vem preparar o café da manhã e abrir a casa. Com o barulho das portas e das janelas, as crianças acordam e vêm para a sala. E quando a mesa está posta, ela bate uma laranja com mamão. Este preciso barulho acorda minha mulher, que então vem conosco partilhar o desjejum.

E assim nós caminhamos por uma seqüência de eventos, até que eu ouça o apito do feijão no fogo. Curiosamente nada ocorre quando ouço o apito. Neste particular caso, é o cessar do apito que me faz voltar para a casa. Sou um cão diferente, que saliva com o cessar do apito. Não sei se isto já foi estudado. Sei que, com o cessar do apito, só faltam o arroz e os bifes. É quando dou início às minhas cachaças que termino com um berro para a cozinha. Um berro cordial, é bom notar. Ela então serve a mesa. E assim nós vamos vivendo por aqui. Num tempo ordinal que me preserva a sanidade.

Tenho, sim, enorme prazer em recebê-la como vizinha. Mas ressalto que aqui não há hora. Aqui há o antes, o durante e o depois. E agora é o antes do almoço. Em que bebo cachaça, independente da hora. Independente da elevação do astro-rei. Independente da cardinalidade temporal, se é que a senhora me entende. Assim é que, respeitosamente, peço que volte depois. Depois do meu sono, que se sucederá ao meu almoço e que se segue a esta caninha. O sono, a senhora sabe, dissipa emoções.

Quando a senhora deve voltar, não sei. Nem sequer posso ajudar, pois aqui prepondera este tempo ordinal, que só sobrevive em pequenas comunidades. E esta aqui, a senhora invadiu. Melhor dizendo, feriu. Não com sua visita, que me pareceu bem intencionada e que acolho, mas com esse olhar reprochante sobre o meu imenso copo gelado.

Proa

Era um prédio dos anos cinqüenta. Bem preservado, de frente para o canal, na entrada do porto. Dois andares, largas janelas de vidro com caixilhos brancos. A fachada de pastilhas também brancas, com suaves ondulações de um azul muito claro e algumas gaivotas em rosa. Uma fachada para seu tempo. Um prédio limpo. Conservado.

Eu já estivera lá muitas vezes quando menino. Entrei no restaurante. O salão ainda era alto, as mesas de madeira escura com toalhas de linho. Todas vazias, era meio da tarde. Pedi licença, um refrigerante e subi para o segundo andar, onde o teto também era alto. A ampla vidraça me permitia a vista larga do canal.

Junto à janela havia um homem com uma taça de vinho à sua frente. Olhava compenetrado para o canal. Era magro, calvo e curvo. Pela camisa também se percebia sua idade. Sentei-me.

Estive lá entretido com o refrigerante, o movimento das pequenas embarcações, as gaivotas e as fragatas. Aprendi a distingui-las de pequeno, com meu pai.

Suavemente aparece na janela, tão grande e silencioso, um petroleiro. Diminutos homens andando no convés. Um gigante. Baitelo que desliza com os bigodes brancos na proa. Vazio, arrasta uma espumarada branca na popa. Majestoso. Fora da escala circundante. Daí o encanto, penso. Olho para o homem, quero partilhar o momento. Ele é cego, percebo no instante. Me inquieto. Fico lá. Ele cego e eu só.

No canto da enorme janela surge, então, um veleiro. Casco branco, velas cheias e um casal na popa. Na proa, duas crianças com os pés balançando no ar. Sem esperança, olho para o homem. Ele sorri.

Uma coincidência, claro. Há anos, não penso mais nessas bobagens.

Corpo

Quando eu falei em usar seu corpo, ela o retesou imediatamente. Uma reação animal prevista. Não me assustei, prossegui. Comecei pelo princípio, dissipei a possível percepção de desrespeito: eu não pensava em usar seu corpo como um objeto. Expliquei tudo direitinho, fui até o fim.

Nossa amizade, que vinha de muitos anos, havia se elevado, por assim dizer. Pode não ter sido coincidência: eu estava só. Até isso, correto, considerei. O fato é que àquele tempo, naquele momento, encharcado nas minhas circunstâncias, já não me bastavam idéias, palavras ou gestos. Eu precisava do corpo dela para expressar a ela o quanto eu gostava dela. No fundo era isso.

Ela, tão querida, compreendeu.

Elisa

Claro que eu não poderia ter falado nada. Eu era um menino de sete anos sentindo um não sei quê por uma menina dos mesmos sete, castanha delicada. Sorria e falava com uma voz doce e um inclinar de cabeça que me deixava encantado.

Éramos colegas na escola. Ela usava saia azul-marinho e camisa azul clara, solidamente engomada. Eu também usava camisa solidamente engomada.

Foram lá uns três anos neste não saber o que dizer. Na verdade era um não saber o que sentir, misturado com um não saber o que dizer, temperados com a inibidora presença de minha irmã no recreio.

Aos dez anos mudei de escola e passei a tomar ônibus elétrico. Passava todos os dias em frente à casa da menina e quando ela estava por lá eu sentia uma emoção suave. Como quem passa em noite escura por um pé de jasmim. Por que não descer e dizer alguma coisa. Dizer o quê? Eu não sabia.

Eu sentado no ônibus, ela lá fora no mundo.

Sem que percebesse a perda, deixei de usar ônibus. Às vezes, ela me vinha à mente, talvez resgatada por uma camisa azul.

Não a vi por muitos anos. Bem uns quinze, até o tal vernissage. Ambiente agitado, cheio e muito apertado. Eu fumava, com o cigarro e o copo para cima. Ela entrou num repente, com um vestido leve comprido, um cordão colorido à cintura, umas pulseiras de argolas e seu sorriso. Não foi só isso, ela falava. Entrou falando com alguém atrás de mim, justo atrás de mim. Volteou o corpo e passou muito perto. Tinha perfume. Estava linda. Me quedei ali cristalizado. Naquele dia senti, mas não soube o que dizer. Dizer o quê? Que fui seu colega no primário? Pedir desculpas por tê-la visto crescer? Que pensei em descer do ônibus? Fiquei por ali, com o copo e o cigarro para sempre. Ela desapareceu. Eu sumi.

Passaram muitos anos. Ela não me vinha à mente.

Até que entrei em uma livraria, uma grande livraria, atrás de um livro da Nélida Piñon. Estava ali na estante, folheando, imerso na prosa quando ouvi uma voz feminina. O timbre singular disparou uma seqüência de imagens. Até me assustei. Ela estava de costas, apoiada na estante, falando com alguém. Por trás percebi o inclinar da cabeça. Eu não havia visto seu rosto, mas tinha certeza. Enfiei o livro na prateleira, contornei a estante e me afastei. Olhei de longe.

Era ela. Poderia falar com ela. Mas, dizer o quê? Que fui seu colega no primário? Que a vi em uma exposição dezessete anos atrás? Que senti seu perfume? Guardei seu timbre de voz? Não. Desta vez não. Ela tinha um crachá à cintura, trabalhava lá. Eu poderia, justificadamente, falar com ela, incógnito. Como, incógnito? Eu não era ninguém. Eu poderia perguntar onde ficavam os livros da Nélida Piñon. Péssima idéia, seria muito rápido. Pensei em algo mais complexo, mais demorado. Pedir as *Mil e uma Noites*, fiel à edição de Bulag. Talvez ela me mandasse para a seção de livros infantis, eu não a conhecia realmente. Talvez por desamparo, me ocorreu pedir as *Máximas* do Marquês de Maricá. Justo naquela livraria envidraçada, sem pó nem traças. Fiquei ali por pouco tempo e não disse nada. Como há quarenta anos, não soube o que dizer. Fiquei impressionado, nem sequer um "por favor, onde é o caixa?".

O fato é que houve uma mudança nessa intermitente fantasia de pulso lentíssimo. Ela agora estava em minha rota. Havia um novo ponto de ônibus.

Contei essas coisas para um amigo. Recomendou que eu esquecesse o assunto. Expliquei melhor a questão da rota e do ponto. Ele não percebia a dimensão temporal, tampouco a gravidade da recorrência. O garçom veio à mesa e, sem querer, levou o assunto.

Passaram alguns poucos meses e voltei à livraria. Andei pelas estantes, comprei um livro e fui ao café vizinho. Tomava um capuccino e me preparava para o primeiro capítulo, ali mesmo. Levantei a cabeça para a praça e a vi, bem em minha frente, chegando com um café. Sentou-se a dois passos. Eu a podia ver, sem dificuldade nem disfarces. Tinha a natural desculpa do olhar perdido. Ela não percebia que eu a observava. Sorria seu sorriso. Logo chegaram amigas. Conversaram sobre coisas passadas, idéias e livros. Aparentemente não se viam há algum tempo. Falaram também de viagens e um pouco de filhos. Não me ocorrera que ela pudesse ter filhos. Claro que poderia ter filhos, tínhamos cinqüenta anos. Achei a conversa culta, alegre e interessante. Se eu a fosse imaginar, provavelmente a imaginaria assim. Ela ficou por lá. Saí antes, me senti invasivo.

Passaram outros meses e voltei à livraria. Desta vez voltei para outro assunto, mas lembrei dela. Era questão de um sebo no vizinho. Eu queria saber dos novos rumos da loja, comprada por um grupo francês. Precisava falar com alguém e pensei nela. Tudo muito simples e justificado. Não fomos colegas de primário? Que memória prodigiosa! Pois é, tal e coisa! Convidava para um café, contava meus planos, perguntava sobre a livraria e pronto. Mas como? Usar, assim grosseiramente, este ramalhete de fantasias para saber os planos de uma livraria? Não, não cabia. Pensei um pouco, relutei. Contrariado, superei a dificuldade. Vamos sem ansiedades, pensei. Vamos sem complicações. Nonchalance. Logo à porta perguntei por dona Heloísa. Dona?

Aqui não trabalha dona Heloísa, me disseram. Fiquei paralisado. Pasmo. A moça percebeu o choque e perguntou se era mesmo dona Heloísa que eu procurava. Eu disse que não tinha certeza, expliquei como era a pessoa. Ela então me deu o nome certo e contou que já não trabalhava lá. Fiquei duplamente abatido. Eu tinha certeza que naquele dia desceria do ônibus, após quarenta anos. Além disso, havia guardado, por décadas, um nome errado. Fui tomar um capuccino. Nada de mais havia ocorrido, concluí depois. Era tudo muito simples. Bastava ligar para a livraria, dar o nome, pedir o telefone e pronto. Assim fiz. Depois de navegar por um complexo sistema de ramais e seções, me informaram que não davam o telefone de antigos colaboradores. Eu disse que era importante. A moça insistiu que não podia dar o telefone. Ante minha decepção, perguntou por que eu não procurava na lista. Agradeci a brilhante sugestão. Desliguei.

Passaram bem uns dez dias e fui procurar o telefone na lista. Estava lá. O telefone e o endereço. Tão simples. Mais alguns dias e liguei. Não haveria sebo, não haveria nada. Somente contaria essas coisas.

Dona Elisa não se encontra, foi com a filha para Nova York, disseram. Obrigado, respondi. Achei simpático ir com a filha para Nova York. Esqueci do assunto, o tempo passou.

Acho que foi um ônibus elétrico, o que sei é que um dia decidi ligar de novo. Contaria tudo, incomodava aquele tê-la ouvido. Liguei e atendeu uma gravação, aquele timbre de voz. Não deixei recado. Num átimo, percebi que poderia assustá-la com uma mensagem. Eu não queria assustá-la. Não havia mensagem. Dizer o quê? Que eu fui seu colega no primário? Pedir desculpas por tê-la visto crescer? Por tê-la ouvido? Que gostei de seu brinco dezessete anos atrás? Que a procurei na livraria?

Foram meses, então. Meses em que não vi nenhuma camisa azul, nem qualquer ônibus elétrico. Certo dia, sem qualquer razão aparente, levado pelas circunstâncias, procedi à lembrança. Da rede observei calmamente o todo, nas folhas das árvores. Foram muitas horas. Procedi então à síntese. Cortei tudo em palavras. Mil e trezentas e quatro, justo. Escolhidas uma a uma. Deixei tudo num balaio. Coberto, à sombra.

Passaram mais alguns meses. Descobri o balaio, limpei as palavras. Cortei umas e limei outras. Arranjei tudo na melhor forma possível e dei um lustro. Escolhi um papel bom, um envelope de primeira e pimba. Mandei para ela.

Comigo é assim, vapt-vupt.

Eu

Eu, metido naquele balandrau pesado. Iluminado pelos vitrais altos que proviam a luz certa por sobre a multidão que, respeitosa, me olhava.

Eu, caminhando pela nave central. Sentindo o peso de meu caráter, gozando o acre da retidão. Meu olhar refletindo a perseverança gelada e o conhecimento das coisas do espírito e dos rigores do corpo.

Eu, firme e descalço, seguia caminhando. Desapegado das coisas materiais. Transbordando amor ao próximo, completamente despido da vaidade e da ambição.

Eu, naquele piso gelado, caminhando livre do orgulho, da preguiça e da luxúria. Liberto da avareza, da inveja e da gula.

Eu, justo eu.

Escolha

Eu entendo que você tenha de adotar uma postura mais firme, mais desafiadora, até mesmo ameaçadora. A pressão é hoje muito forte, a cobrança é mesmo infernal. São esses os tempos, compreendo perfeitamente. Aceito. O que convém é escolher, por assim dizer, um modelo que nos satisfaça.

Permita-me contribuir com um pequeno conhecimento que tenho desse mundo. Das coisas da lona. Da minha proximidade do látego e da serragem. Não há muitas alternativas. Na verdade, só temos duas, as clássicas.

A americana, em que a fera ameaçadora arreganha sempre os dentes, urrando e vibrando as garras. O homem caminha firme, gritando e estalando o relho no ambiente tenso. Seu semblante é sério, seus olhos frios e o queixo erguido. O que encanta é o poder absoluto.

A européia, em que a fera se submete, com docilidade e presteza, a tudo que o homem sereno e sorridente pede. Porém, eclode sempre uma ameaça ensaiada. Uma explosão

CHORO DE HOMEM

de perigo para que não se esqueçam da ferocidade da fera. O importante é que o homem inesperadamente exale medo e, então, firme e quase indignado, recupere o controle da situação. Aqui, o que encanta é o poder galante.

São somente essas as alternativas. Não há outras mesmo. Eu sei, porque tudo isso é amadurecido no mundo da lona. Escolha você, e eu respeito. Escolha à vontade, sabendo que eu, pessoalmente, prefiro a européia. Uma vaidade boba, que você pode ignorar.

Alfred

Sob o espesso manto lipídio pulsava um coração que, desesperado, tentava irrigar aquela imensa massa branca, ancorada nos limites de uma ossatura inflexível. O gordo pescoço transbordava sobre o colarinho, limitado superiormente por uma mandíbula papuda.

Os braços gordos, imensos, balançavam atrás do pincel mágico que caminhava febril na lousa branca. Conforme o braço escrevia, ele falava, seu pescoço girava com imensa dificuldade para a lousa e para mim. A caligrafia, rastro daquele braço grosso, era redonda, o que fazia com que a massa de gordura balançasse mais do que possivelmente se poderia esperar.

Os dentes, rigorosamente alinhados, podiam ser vistos dentro daquela boca já quase coberta pelas bochechas do rosto inchado. E, conforme saía a fala, podia-se observar a língua, que chegava intermitente aos dentes. Ela aparecia, do fundo da gruta, nos eles, e nos enes. Mas era nos dês que ela parecia mais gorda, espremida entre os dentes de cima e os de baixo. Era um ir e vir, um abrir e fechar, um some e aparece.

Não sei quanto tempo havia passado quando cessaram os movimentos: todos eles. Num reflexo firmei meu olhar nos pequenos olhinhos que suspeitei inquisidores. Aquela boca atulhada então se movimentou e saíram palavras, com significado: o que você acha?

Num repente, eu disse que achava o todo fascinante, mas as partes muito comprimidas. Suando muito, ele se voltou para a lousa dizendo que iria entrar em detalhes.

Deve ter entrado.

Kin Showa

Por muitos anos ela me falou das carpas. Dos corpos e da harmonia das cores. Dos tons e brilhos efêmeros. Dos movimentos sempre lentos. Me convidava a fruir o que chamava serenidade imanente.

Eu não entendia serenidade imanente. Claro, não a podia fruir.

Penso, hoje sozinho.

Qualquer Uma

Este meu envolvimento com galinhas-d'angola vem de muitos anos. A casa apenas terminara e eu já estava lá com o primeiro bando, para manter limpo o gramado em volta: parte da estratégia que montei em imaginária guerra contra cobras e aranhas.

Assim que chegaram, mantive-as presas embaixo de um pequeno jambolão. Por uns trinta dias. Até que sentissem que ali era o lugar. Depois, soltas, voltavam sempre para o pernoite na galhada da árvore.

Com o passar do tempo, foi superada a tal guerra e eu, homem de varanda, passei a observá-las.

O bando coeso para cá e para lá me encantava. A estranha formação da cabeça. O rugoso tecido branco. O colorido distinto das barbelas. O bico anzolado. O corpo um pouco curvado. Sem a arrogância das outras.

O matraquear dos machos e o tô-fraco das fêmeas preenchem o vazio ensolarado. Em cima do muro de unha de gato, elas caminham ciscando. Umas tantas, eu percebo, vão pelo chão do lado de lá. Se aqui faço um movimento brusco, só um movimento, desanda a gritaria. E as do lado de lá, que nada viram, gritam solidárias.

Vez por outra, de perto, dou um bote inesperado. Alçam vôo em algazarra desajeitada e logo seguem em suave planeio rente ao capim. Vão por aí uns trinta metros, em silêncio. Morro abaixo.

Mesmo em bando, levam vida de perigo. Vão longe no pasto, pela beira da mata, e é lá que encontram o bicho. E deste encontro resta um apanhado de penas e umas coisas feias. Não aprendem, terminam quase sempre assim.

Mas renascem. Os ovos são postos em meio às touceiras de napier. Descubro sempre, tal a gritaria cada vez que um pequeno ovo vem ao mundo. Chocam mal. São fracos os pintinhos e, a menos que se os mantenha em caixas altas com lâmpada permanente, a morte é certa. Eu as solto no princípio do terceiro mês. Formam logo um novo bando. Distinto. À noite juntam-se os bandos todos no mesmo velho jambolão.

De modos que o que sinto mesmo por elas é uma mescla que não sei explicar. Me agradam, essas bichinhas.

Às vezes, em pequeno esforço de abstração, estes sentimentos se ampliam, por assim dizer. Com elas comungo de maneira singular. Tratadas lá com uns óleos, uns calores e os devidos temperos, me apetece sua tenra carne morena. É

CHORO DE HOMEM

tal o prazer de sua carne, que a fruição é verdadeiramente espiritual. E aí então sinto que a comunhão que abranda, apazigua e não demanda, é esta. Entre o espírito, no caso o meu, e o corpo, que pode ser o de qualquer uma delas.

Requiescat

As nádegas estavam assentadas na tábua arqueada e os pés apoiados na areia quente. E porque ele repousava inerte à sombra do imenso barrigão, lá em cima, os olhos amarelados contemplavam serenos, por sobre os corpos dourados, o horizonte distante.

Meus Canivetes

Tive alguns canivetes, todos bons. Diferentes, entretanto. O atual é um Zebu de peso adequado, lâmina larga, aço de primeira, corpo de baquelite negra, fosca. Substituiu o anterior, um Triângulo, de lâmina também larga, fio perfeito, corpo de uma madeira morena, ranhada, precisamente encaixada numa moldura de latão. Substituiu um Coroa, de madeira escura, corpo alongado, lâmina esguia, disfarçado, que parecia um galho. Muito bom de corte e de empunhadura. Antes desse, houve uns tantos mais que sucederam o primeiro de todos.

O primeiro. Foi quando me ensinaram como abrir e como fechar. O cuidado com o dedo. Me falaram da importância do dedão na lida. A posição para descascar uma laranja e cortar a cana, para afiar um pau, para cortar uma tira, para lanhar uma carne. O uso da ponta para furar o couro, abrir um trançado. A limpeza da lâmina. A guarda no bolso de trás.

CHORO DE HOMEM

Deste primeiro não me lembro mais nem do corpo, nem da lâmina, nem do corte. Guardo apenas o olhar de quem me ensinou.

Minerva

Ela não era bonita, era jeitosa. Brejeira da tez morena. Me acerquei, superei a barreira e cheguei.

Enferrujado, joguei uma prosa, e a coisa engatou.

Minerva, para ela, era sabão. Em pedra, que nunca imaginei fundamental para minha vida. Maduro, segui por aquele caminho, sem temor. Foram tempos femininos, tempos leves. Muito bons.

Ela até assobiava no tanque.

Bolas

Tudo começou ao entardecer. O sol deitado avermelhou, ao longe, a branca casa de seu finado vizinho. As janelas estavam estranhamente abertas àquela hora. Ficou observando até o sol descer todo. Então foi para dentro.

A sopa foi leve, longa e pensativa. Então voltou para a varanda, ficou olhando e andando de lá para cá, até que as luzes se apagaram na distância escura. Foi para dentro, a noite era fresca, nenhum pernilongo. Da cama, pela janela alta, via as estrelas empoeiradas por sobre a silhueta das mangueiras. Dormiu como há anos não dormia, oxigenado, em paz. Leve com os sonhos, bons sonhos.

Acordou cedo, tomou banho e foi para a sala. Pediu ovos estrelados e toicinho. Acompanhou com pão e manteiga. Tudo desceu com o café forte e quente. Pegou dois Douradinhos e a binga na gaveta. Foi até a vitrola e pôs a sua música.

Fumou o primeiro deles na janela, olhando para o norte.

Sentia no vazio que aquele era o dia. Caminhou mais pela sala. Estimulado pela vitrola, ia para lá e para cá.

Fumou o segundo até o talo. Apagou calmamente no pires do café, buscou o paletó e gritou pelo Antônio. Pediu cavalo arreado. Esse era o dia. Não olhava mais para o chão, nem para mais nada.

Quando acabou de descer resoluto a longa escada, um rapazelho chegou afobado dizendo que mandaram perguntar o que fazer com a bomba que não estava puxando água porque tinha queimado a fiação do motor. Mandaram também dizer que não tinha mais água para a criação, nem na caixa d'água da cozinha.

Não hesitou, nem poderia. Num relance apagou a impertinência. Contraindo os punhos e o abdômen, subiu o joelho num tranco forte que pegou os testículos do arauto por debaixo. A formidável compressão levou aquele desafortunado organismo a estado de depleção. Gelado desmaio. Corpo no chão.

Seguro de que o dia era aquele, quebrou o panamá na testa e seguiu para a casa da viúva.

Baú

Eu queria que você entendesse que eu não quero ir. Na verdade, não devo ir. Não devo porque me conheço. A questão é de controle. Não posso experimentar muito. Nem mesmo o pouco posso experimentar. E às vezes, para mim, o muito pouco já é muito. Não posso chegar perto. Na verdade, não devo nem me acercar. É fraqueza do espírito, que pede e eu respondo. Ando ao largo dessas coisas. Não gosto nem de falar. Na verdade, não posso mesmo pensar nesse meu lado escuro, que guardo com medo neste baú.

O Quinto Copo

Era um destacado acadêmico, dedicado ao conhecimento das entranhas do cérebro. O desvendar da mente. Não no sentido psicológico ou mágico, mas naquele avançado, neurológico, em que a mente é reduzida à matéria.

Foi-me falando dos progressos dos mapeamentos do cérebro, da identificação da funcionalidade de áreas distintas, da química das emoções e assim por diante. Uma conversa que pressupunha uma redução conclusiva do funcionar do cérebro a processos bioquímicos e elétricos bem conhecidos. A definição química da memória factual e da procedural, elegantemente caracterizadas. A especificação clara dos processos neurológicos de busca de informação e, o que me pareceu mais incrível, o conhecimento da química da geração de relações. Um mundo fascinante. Me impressionou também a clareza e confiança com que falava disso tudo. Confiança que durou até o quinto copo e que, imagino, tenha-se rompido por um processo químico. Não sei.

CHORO DE HOMEM

Foi exatamente quando discutia a memória e contou uma passagem de sua infância. Do tempo do presidente Artur Bernardes, que por uma semana bombardeou a capital protegida pelo General Isidoro Dias Lopes. Com sua mãe, abandonara a cidade logo ao princípio da breve revolução. Lembrava-se perfeitamente da pressão dos dedos do pai em seu corpo, levantando-o para entregá-lo à mãe, pela janela do trem lotado na estação Sorocabana. Quando contou esta passagem, chorou e disse que não se tratava de processo químico, era indubitavelmente seu espírito tocado por gratas recordações. Repetiu claramente: seu espírito tocado por gratas recordações. Pediu desculpas e disse que em seu meio profissional não podia falar dessas coisas nem utilizar esses conceitos, mas que não se importava. Não se importava em não falar destas coisas. Afinal, a Ciência era um método fascinante e que empregava muita gente. Que mais se podia esperar de um método?

Longa Rota

Que seja alta, da canela grossa. Sacudida e resistente. Tenha a marcha firme, picada, que não canse, e a orelha rija, alerta, que não murche. Seja o pêlo liso, bom de agrado, e a cauda colada, protetora. Resfolegue despejo, alargando a confiança, infundindo respeito. Suporte sempre a grave carga, agüente enfim a longa rota.

É preciso uma mula assim: metáfora rosilha para jornadas incertas.

Nursery

Você realmente achava que aquela era sua festa de despedida. Sua mãe estava enroscada e você pediu para eu ir . Eu não sabia o que dizer, pois a festa não era sua. Você insistiu. Claro que eu ia, era só atravessar o parque. Fui com a máquina, gorda, dentro do casaco. Nevava.

Vi seus olhos brilhando logo que cheguei. Quietinha. Sorri sem graça para aquela Papai Noel que viu a máquina e me mandou entrar. Eu era o único pai, mas não quis me explicar. Fiquei de pé no canto da sala, junto daqueles ganchos com nomes, casacos, gorros e as mittens, todos ordenados anglosaxonicamente naquelas prateleiras brancas com os brinquedos arranjados. Olhava vocês em volta daquela mesa retangular, em suas cadeirinhas, quietos. E aí a Papai Noel trouxe os pratinhos de bolo e os copinhos com Coca-Cola. Você olhou para trás orgulhosa. Conheço você. Quietinha começou a comer o bolo e a tomar a Coca-Cola. Eu também estava contido e daquele canto fui tirando umas fotos. Você, comportada na mesa, saía de costas, mas o que eu podia fazer?

Então você olhou para trás e disse que a festa estava muito legal, não está papai? Aí eu chorei mesmo. Não podia deixar você ver, por isso mantive a máquina na cara como se estivesse esperando uma oportunidade que não vinha. Você continuou quietinha e não percebeu. Como não percebeu que aquela festa não era sua. Na verdade, você nem percebeu que aquilo não era uma festa.

Tempo

Estudei o dia inteiro. Tomei café e fumei muito. O sol sempre ali na janela. Deitado e frio. Tombado sobre a neve. Desceu por fim, devagarinho, e segui trabalhando. Firme em minha mesa, por muito tempo. Parei tarde, exausto. Intoxicado, tomei um pouco de leite. Tinha fome, mas não vontade de comer. Fui dormir.

Na madrugada, o estômago falou forte, fui à geladeira. Nada, só um resto de leite e uma cebola. Abri o armário, só uma lata de sardinha. Procurei na mesa. Só um pão amanhecido. Fatiei a cebola, abri o pão e a lata. Desci as sardinhas sobre o pão, do jeito que estavam. Cobri com as cebolas e comi num bote só. Os copos estavam sujos, tomei água na mão. Fumei outro cigarro e deitei.

Aí a coisa foi brava. Um espesso turbilhão negro. Muita, muita gente embaralhada numa infinidade de nomes e de lugares. Enrodilhavam os deveres, como serpentes. Grandes e sinistras. Pipocavam desejos e ambições por todo o lado, como fogos de artifício. Tudo envolvido numa manta densa de orgulho e vaidade. E o todo rodando, rodando e rodando. O som sempre grave. Sem presente, só um traço nostálgico do passado e uma imensidão de futuro. E eu aspirando aquela ansiedade púrpura, que queimava dentro. Buscando luz, na mata fechada. Enroscado nas tarefas, arranhado pelos pecados, atolado nos compromissos, exaurido pelas promessas. Sem fala nem gesto. Não sei como, eu pedia ar. Mais ar. O tempo todo eu pedia, mas não havia tempo. Só o turbilhão. O inexorável turbilhão.

Acordar, acordar mesmo, só hoje que fiz cinqüenta anos.

Meninos

Menino, eu voltava de uma caçada na cabeceira do Pardo. Debruçado ao fundo do último carro leito, vi o sol deitar sobre os trilhos que se juntavam no horizonte. Vi bandos de paturis e alguns tererês.

Pela manhã, desci em Marble Arch, caminhei um dia inteiro por um Hyde Park primaveril, de folhas tenras e tulipas emergentes. Minha roupa era leve.

Ao entardecer, tomei o metrô e desci no Boulevard Saint-Germain. Bebi e fumei por muitos anos. Sem medo nem culpa. Fui dormir tarde.

Logo pela manhã, embarquei numa chalana e corri o Miranda dia afora, até o Paço do Lontra. Cansado, tomei umas pingas. Fui dormir.

Acordamos na madrugada e batemos todo o rio. Fundo e corrico. Voltamos na tarde vermelha. O motor zumbia, a voadeira cortava o ar gelado, deslizando sobre o espelho d'água. No casaco grande abriguei meu menino, olhos fixos no enorme pintado que juntos puxamos. Vi bandos de paturis e alguns tererês.

Sobram mesmo só estas coisas.

Desejo

Ela era diferente. Nunca me disse nada, mas eu, que a conhecia bem, sei que ela queria mesmo é evanescer.

Choro de Homem

Ele me perguntou que lágrimas eram aquelas que escorriam dos meus olhos. Nos seus parcos dez anos, ele ecoava um já surrado e não explicado homem não chora.

Aquilo me pegou de través. Vacilei, mas encarei a parada. Enxuguei o rosto na camisa, aprumei o corpo e acertei a voz. Olhando firme naqueles doces olhos castanhos, disse que ele já era grande para saber dos dois choros.

Um é para quando batem forte no homem. Machucam, derrubam ou abandonam. Quando a coisa é braba assim, pode esse choro molhado, que escorre no rosto, que aperta a garganta, quebra a voz e anoitece.

O outro é o ruim, que é seco e não é choro. É choramingo de luta, resmungo de trilha, reclamo de rota. É esse que não pode. Não é coisa de homem. Nem de mulher, pensei.

Porque era pequeno meu menino, disfarcei a palavra e mudei o assunto. Ele nem percebeu.

Só

Comecei com um rojão de vara que riscou fogo no céu escuro. Meu exórdio assobiou o arco todo, até arrebentar em doze tiros fortíssimos que ecoaram por todo o vale.

Após um minuto de estudado silêncio, estabeleci o caso com um despejo de chuvas de prata, chuvas de ouro, aquarelas brilhantes e as tais plumas de pavão. Coisa breve, linda e luminosa.

Sem perda de tempo, procedi ao argumento. Segurei firme o grosso foguete que escarrou o petardo com tranco de arma. Segui o rebrilho que subiu girando até a tremenda explosão. Única, grave, solene e final.

Era tudo o que eu tinha a dizer naquela noite do trinta e um. Fui dormir.

Meu cachorro latia muito.

Obra-Prima

Quando preso em Milão, descobriu que se tivesse a face marcada não poderia servir o exército. Com a ajuda de um companheiro tatuou uma águia na testa, imaginada austríaca. Foi solto, cortou o cabelo, se apresentou e foi dispensado. Adotou então uma franja que escondia a águia, mas não o mistério.

Com tintas e agulhas, começou com os coelhos do avô. Cuidadosamente os barbeava e tatuava. A princípio se atrapalhava com o desesperado movimento das criaturas ante a insistência das agulhas. Depois se acostumou com a espécie.

Foi para a Índia, onde viveu nas praias de Mangalore, tatuando de graça por todo um ano. Esteve depois tatuando em Roterdã. Sempre incomodado com os limitados espaços para sua arte.

Em 1955, foi à Exposição Internacional de Bruxelas para sua obra maior. Aos curiosos, tatuava de graça um ponto

CHORO DE HOMEM

colorido na sola do pé. Um ponto da sorte, dizia. Uma lembrança indelével. Foram dois mil, setecentos e trinta e quatro pontos.

Encantava-o pensar nessa malha de pontos: sua malha de pontos. Estirando-se e contraindo-se, em contínua convulsão. Envolvendo o planeta. Intrigava-o pensar que essa sua malha iria gradualmente se aquietando. Até o pleno repouso.

As Coisas

Há sempre um tempo em que se deve pôr a casa em ordem. Olho em volta e organizo minhas coisas em três grandes grupos: as roupas, as armas e o resto.

As roupas são fáceis, vou guardando conforme as cores. Me trazem assim a paz do arco-íris. Essencial.

As armas também são fáceis, classifico-as em dois grupos: aquelas para as quais tenho munição, que tranco em um armário e perco a chave; aquelas para as quais não tenho munição, estas disponho nas paredes. Emanam boas lembranças.

Quanto ao resto, não há muito a fazer, também divido em dois grupos: o das coisas concretas e o das abstratas. As concretas ficam onde estão, há sempre uma razão para estarem lá. Já as abstratas, aceito-as em movimento. Onde estiverem estarão, porque assim são estas coisas.

Há, entretanto, duas exceções: o medo e a ambição. O medo, eu ponho num baú de peroba que prego num extremo da casa. A ambição, eu prendo numa gaiola de aço que acorrento no outro extremo.

Vou então, cauteloso, vivendo, bem no meio da casa. Em meio às coisas comuns.

Esses Filhos da Puta

Por supor injusto o mundo, e em silêncio absoluto, o descarado entra na minha casa. Na calada da noite, se esgueira por detrás do galinheiro, trepa na boca do poço, se ergue pelo varal. Entra na copa, deixa a geladeira aberta, e vai pelo corredor: agachado para o cachorro não latir. Atravessa a sala se arrastando – vi o barro todo no encerado – e entra no meu quarto. Se não é minha cautela, do trinta e oito na cabeceira, era eu quem estava morto.

Ela? Ela reclamou do escarcéu e da sangueira toda.

Tendas

Lá bem do alto fui acompanhando a montagem das tendas. Grandes e circulares, com o teto cônico. Eram de um tecido branco fosco que derramava até o chão. Pareciam grandes merengues sobre o gramado excepcionalmente verde; era princípio da primavera. Foram então espalhadas mesas redondas cobertas por toalhas também brancas que iam até o chão. Bem no meio, sobre o verde, um caminho de enormes painéis de madeira escura. Os diferentes matizes davam a impressão de tapetes orientais.

Ao fundo, junto ao bosque, foi montada uma longa bancada retangular, coberta de tecido branco. Atrás, tinas de madeira. De lá certamente viriam as bebidas. Na ponta do caminho, já num plano mais alto, uma imponente tenda aberta, amarela, brilhante como seda; dos cantos pendiam longos estandartes vermelhos.

A movimentação foi intensa o dia todo e, já no fim da tarde, podiam ser vistos homens fardados de branco, flores vermelhas sobre as mesas e uma movimentação de recolher. No lusco-fusco, uma a uma, foram brotando tochas em meio às mesas. O tremular do fogo permitia perceber o brilho dourado de instrumentos musicais. Logo ouvi afinação de cordas.

Lamentei partir aquela noite. Ali seriam exibidas mulheres. Talvez cavalos. Não sei.

Triângulos

Não há de ver que aquele dia não foi outro? Ela entrou no carro e no assunto ao mesmo tempo, já foi falando sem parar. Contou tudo, de cabo a rabo. Um coice.

Porque estávamos no carro, ela usou palavras. Devia ter usado lápis e papel: a coisa era geométrica. Falou do tal triângulo amoroso, com dois lados mais um, claro. Dois lados, unidos, um casal. Outro lado que se une pelas pontas aos dois, o lado amigo. Este é o trágico triângulo que tem por vértices o amor, a amizade e o prazer. Ela usava os dois indicadores e o polegar, eu olhava de lado. Devia ter parado o carro.

No casal, o lado delimitado pelo amor e pela amizade sente uma misteriosa paz, e é feliz. O lado delimitado pelo amor e pelo prazer se nutre maravilhosamente, mas padece de grave culpa. O lado amigo, delimitado pelo prazer e pela amizade, é saciado mas padece de culpa, apenas atenuada pelo sentimento de generosidade. Assim, ela disse essa barbaridade.

CHORO DE HOMEM

Preservada a natureza dos vértices, o que é muito difícil, tais triângulos são duradouros. Curiosamente, só se rompem quando o lado feliz vê o todo. Na verdade não se rompe, desintegram-se as partes, completa e irreversivelmente. Uma tristeza. Por isso, nem mesmo se fala nesses triângulos, que chamou de triângulos de amor. Ela, então, me pareceu doce, achei até bonito.

Absorto com todas estas coisas, não percebi que ela se calara. A meu lado, arrasada, olhava para o chão e chorava. Chorava baixinho.

The Spaniards

The Spaniards é um pub que fica à beira-mar, em Kinsale, na recortada costa sul da Irlanda. Um lugar alegre onde vão beber os de Cork, nas noites de sábado. É um velho casarão com amplas janelas, à beira de pálidas falésias.

Nos raros dias de céu limpo, o pôr-do-sol no The Spaniards é deslumbrante. A luz do céu é a mesma do mar, da lareira e dos rostos, todos celtas. Matizes de um avermelhado crepuscular.

Porque neste pub se fala alto, quando há este pôr-do-sol o silêncio se impõe e a melancolia entranha. E porque neste pub também se dança, o silêncio é dobrado. Chega à tristeza.

Todos contemplam quietos. Atônitos com o ancestral vermelho, que jamais os aqueceu.

Algo Naval

O que eu venho sentindo, e isto para mim é claro, começou aos sessenta. A sensação de barco velho em mar bravio. A sensação clara de que a estrutura pode não resistir ao tranco das ondas. A impressão esquerda de que as máquinas podem falhar em meio a essa turbulência e que, se assim for, perderei o rumo. Inexoravelmente oferecerei o bordo à inclemência das ondas. A sempre incessante garoa me obstrui a visão plena. Posso estar perdido, não sei. Em meio à neblina, me escapa o todo. Também me escapam as partes. Além disso, e por isso, por detrás destas espumas, me mandam de lá uns torpedos. Apesar do absurdo, eu mando de cá os meus. Acerto alguns a esmo. Não tenho remorsos, poucos são os inocentes. Não bastasse toda essa insensatez, esse ridículo, há a questão da comunicação. É muita balbúrdia. Claramente não tenho partilhado os conceitos subjacentes às palavras. De lá e de cá, são tantos os vícios, as vivências díspares e os preconceitos, que delas não mais me sirvo bem. Ademais, há muita gente a bordo. Há parentes, há amigos e inimigos, gente boa e gente má, dos mortos, dos vivos e dos antigos. E também são tantas as lembranças. As ruins já não tão ruins, e as boas cada vez melhores. Entristecidas, entretanto. E por cima disto tudo, ainda levo as imagens, que são muitas. Fragmentadas e soltas, desordenadas.

É assim que estou. Não me sinto mal. Apenas antevejo um naturalíssimo naufrágio.

Oyacucho

El valle más profundo de la Cordillera Norte tiene una peculiaridad, las lluvias de San Gonzalo. Durante éstas, hay siempre un día, solamente uno, en el que llueven carajos. Enclavado en la falda oriental de ese valle está el pueblo de Oyacucho donde viven hombres recios y honrados. Es sobre ellos que se abalanza la inclemencia.

Algunos, ansiosos, cogen el primero que les cae en las manos, con miedo que les toque uno más grande. Otros, ambiciosos, aguardan unos más pequeños y casi siempre fracasan. Entre esos comportamientos extremos, hay una gran variedad de paciencias y tolerancias. Hay, más que todo, una plácida resignación con lo que cae del cielo.

Esas cosas pueden parecer extrañas, pero a eso se acostumbraron los de Oyacucho. Por la gracia de Dios.

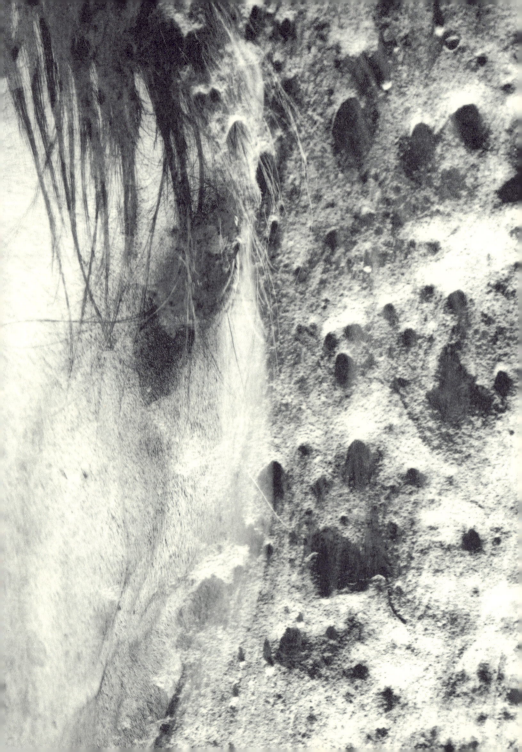

Aceiro

Eu já estava de olho na beira daquele caminho, aquele particular caminho. Os tempos eram secos, duros. Tudo retorcido, enroscado num emaranhado quebradiço e perigoso, sem sumo. De lá podia vir fogo, eu sabia. Bastava um descuido ou uma alma maldosa.

Cauteloso, me preparei. Abri um aceiro bem largo. Carpi com enxadão, deixei na terra pura. Trabalho suado, pesado mesmo. Fiz tudo sozinho e esperei. Era só o que me restava.

Não tardou a tal alma maldosa, que sabia do vento, da circunstância sombria, do momento infeliz. O fogo veio bruto que veio roncando. Chicoteando no alto, batendo surdo no resto do viço. Lambendo por cima do aceiro, estalando na noite, rompendo a escuridão. Por cima de meus cuidados, da minha cautela, de meus temores.

Lutei como um touro. Embaixo, nas pontas, pelas beiradas, por detrás e até pela frente. Fui forte noite adentro e dia afora. Insisti valente, queimei a fronte, arrebentei o peito.

CHORO DE HOMEM

Esgotadas todas as minhas forças, exausto, parei. Abaixei a enxada, chutei a caçamba. Larguei mão. Não tinha jeito, me afastei e deixei queimar.

Assisti tudo de longe, muito longe de mim.

Amaro

A viagem havia sido longa e, mesmo cansado, eu andava pelas estreitas ruas olhando as fachadas, lendo placas, imaginando rostos, ouvindo passos. Entrei na catedral, cauteloso, voltando a um passado que não era meu. Aquele lugar, que me trouxera mistérios, despertava agora emoções confusas. Sentei para assistir à missa, fruindo a luminosidade dos vitrais e o eco das palavras.

Ainda explorando o ambiente, percebi como era moço o padre que então caminhava para o púlpito. Causou-me inquietude. Ainda estava um pouco entorpecido com o ambiente, quando a voz firme e lenta reverberou pela nave. Dizia o jovem padre que naquele dia falaria de poucas coisas, mas de grande importância. Disse então que era mister compreender que na vida só existiam situações difíceis. Todas elas. E que tais situações poderiam, ocasionalmente, tornar-se fáceis. Poderiam, se tivéssemos, com alguém, aprendido a modificá-las. Que entendêssemos que esses que

CHORO DE HOMEM

nos ensinam não estariam fisicamente presentes para nos ajudar. Compareceriam na forma de exemplos, reflexões, conselhos, provérbios e aforismos. E a todos esses, que de alguma forma se fazem presentes, sejam santos, pais, amigos e inimigos, ele chamava de espíritos. Espíritos em nós embarcados ao longo dos anos. E à fortuita ocorrência dessas lembranças, nos momentos necessários, ele chamava de sorte. Disse então, em meio à reverberação, que só conseguiríamos enfrentar situações difíceis se tivéssemos sorte e bons espíritos. E assim não deveríamos culpar os réprobos, porque nada mais eram do que pessoas sem sorte amparadas por espíritos pobres. Eram eles sobretudo fracos. E assim, não lhes cabia culpa alguma. Que tivéssemos, pois, piedade, porque para eles as batalhas são todas árduas.

Assim cansado e um tanto confuso, perdoei o personagem, ali mesmo, naquele banco da Catedral de Leiria.

Muro

Um muro alto de grandes pedras. Pedras escuras. Ígneas. Rejuntadas com areia, suor e massa plúmbea. Envelhecido, todo arranhado. Áspero e rude. Úmido, invadido de fungos. Nas brechas e nas frestas. Na larga base, como âncoras, os restos grossos de trepadeiras. Um muro pesado, de um negrume perene. Entre eles, o muro era assim. De silêncio.

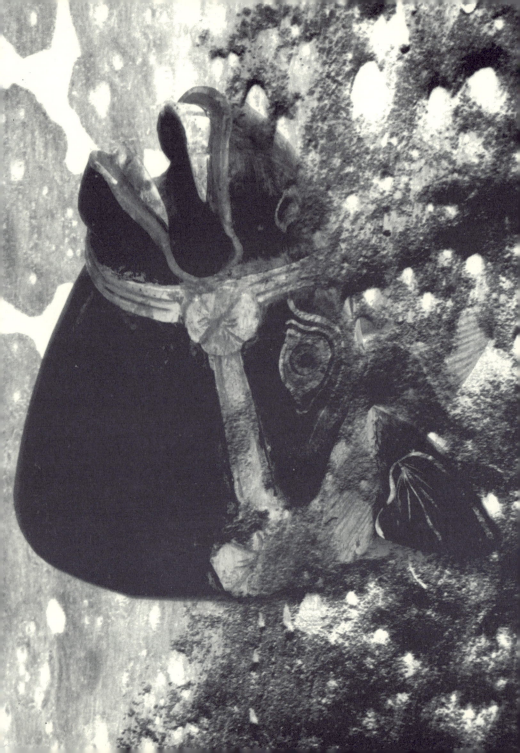

Fronteira

É sexta e abandono o inferno ao anoitecer. Passo por tudo que existe nessa hora, nessas cidades. Chove e minha retina fica saturada de faróis, lâmpadas, lanternas, pisca-piscas, luminosos, brilhos e tudo mais. Um inferno. Preciso um tempo para que se me aquiete o espírito. Não qualquer tempo. Vou passando por cruzamentos, viadutos, pontes, casas. Cada vez menores casas. Vão também rareando as gentes. E logo ficam poucas luzes, já todas distantes. Há então mais espaço, não só na pista. Há mais espaço puro escuro.

À minha frente vai um bruta caminhão, que balança um pára-lama enorme: Lobo da Fronteira. Distraído me aproximo demais, me assusto e dou distância. Entretido, sigo a placa até o pedágio. O caminhão pára. A placa fica ali balançando.

Noto que da cabina foi dinheiro, do guichê voltou troco, e o caminhão continua parado. É o que basta: brota minha ira após os trinta segundos concedidos para a transação. Vou explodir a buzina, mas o ronco do diesel me aquieta. Atento para a conversa que começou entre o guichê e a cabina. Meu cérebro registra que o caixa é uma moça e que sorri lá de dentro. Sorri para o alto, para a cabina, para o lobo.

Centenas de vezes ao dia aquela moça pega dinheiro e devolve dinheiro. Só agora, imagino, devolve um sorriso. Eu vejo os dentes brancos dela e a mão que joga os cabelos para trás. Por que, sempre, todas elas jogam o cabelo para trás? Expõem o pescoço, será?

Sou a explosão iminente, que ameaça o miserável guichê onde ela é. Claustrofábica e aborrecida. Me aquieto, ou me apiedo, não sei. Ela deve estar imersa em fantasias, imagino. De terras distantes, fronteiriças. De novo ela joga os cabelos para trás. Expõem o pescoço, todas elas. É isso mesmo.

O caminhão descarrega a pressão do freio. O diesel ronca forte e o gigante parte, é minha vez. Pago e passo. Gradualmente acelero e o alcanço na escuridão da estrada vazia. Deslizo então para a esquerda, sentindo o vento. Sentindo o espaço. Suavemente ultrapasso o lobo, que em pouco tempo não é mais que um par de olhos na noite escura.

Armazém

Pinga com canela, com amendoim, com mel e com coco. Com carapiá, boldo, braço forte, sucupira, sassafraz, carqueja, São Domingo, erva-cidreira e carijó. Canivetes Campanha e JPN. Os únicos. Cabos de madrepérola, madeira, latão, alumínio e baquelite. Fumo Vulcão, Sabiá, Andorinha e Maringá. Só esses. Em corda, só de Itajubá. Palha Rainha, Peão ou Especial Seda. Nada mais. Doces de Ipironguinha. Potes de balas. Muitos potes de muitas balas. Facas e facões, foices e enxadas. Marretas, machetes, machados e martelos. Limas e grosas. Pedras de amolar. Incensos, velas e defumadores. Imagens e colares. Cuias, panelas e caldeirões. Berrantes, sinos, guizos e sinetas. Vários tipos de cincerros. Chicotes, relhos e rebenques. Estribos, bridões, freios e rédeas. Baixeiros de todas as tramas. Selas. Botinas e perneiras. Algumas galochas. Todos de osso, os pentes e os botões. Linhas e agulhas. Escovas e espelhos. Brilhantina e vaselina. Anzóis, chumbadas e caniços. De ágata, as cane-

CHORO DE HOMEM

cas e os pratos, as panelas e os penicos. Copos, cuias e xícaras. Traques, bombinhas, estralos e rojões. Cachimbos e pipas. Isqueiros. Muitas bingas. Fluido em lata e ampolas. Lápis, papel e borracha. Saca-rolhas, abridores, chaveiros e cadeados. Tesouras e pinças, navalhas e pincéis. Calçadeiras. Chapéus de pêlo, lã, feltro, panamá e palha. Baralhos. Copag, Dunga e Royal. Lanternas, lampiões e lamparinas. Secos e molhados. As gaiolas, os poleiros e os defumados, ao alto, todos dependurados.

Foi somente quando meu olhar pousou no balcão que senti o tempo gelado.

Espaço

Assim se aprende que para perceber o espaço é preciso a luz, as formas distantes, as formas próximas, e o movimento. Somente assim se pode percebê-lo.

A luz é a vermelha do sol silencioso deitante, que desperta o relevo.

As formas distantes são as das montanhas, ao longe recortadas em verdes, do escuro ao quase nuvem.

As formas próximas são as da cerca, à beira do caminho, e as de algumas árvores, já silhuetas no crepúsculo.

O movimento é o meu. Ao longo do espigão vou me movendo, olhando o próximo entremeado do distante, sempre assim entremeando. Não vou a pé, que é muito lento e muito baixo. Nem a cavalo, que é muito alto e arrogante. O certo, o correto mesmo, é de charrete. Pela altura humana, a velocidade eqüina, o gemer das molas, o ranger do couro e o som trotado, batido na terra surda.

Fazendo esse movimento. Desse jeito, assim mesmo, nessa hora, com esses sons, às vezes vejo o espaço.

É Possível

Ouço crianças gorjeando na copa. De onde também vem alguma conversa mais baixa das empregadas. A mesa é bem grande e o tampo pesado. As cadeiras muito largas e de espaldar alto. A toalha é de linho branco e a porcelana tem moinhos azuis. À cabeceira da mesa está o meu avô, de gravata e cavanhaque, os dentes e o semblante perfeitos. Fala com o Baillot e meu distraído pai. À sua frente está o leitão destrinchado, que meu filho observa. Logo ao lado, meu tio ouve tudo e, convidando à cumplicidade, extrai o som de um grande garfo e deposita num grande copo de cristal. Minha avó, sempre discreta, ouve minha mãe, sempre alegre, que conversa com minha tia, sempre minha tia. Na outra ponta minha irmã fala pelos cotovelos, com minha mulher e minhas primas. O arroz é decorado com salsinhas e uma espiralada rosa de casca de tomate. A saladeira, também dos moinhos azuis, é curiosamente alta. Há inexplica-

das nozes pela mesa, o vinho é tinto, e a minha sangria apenas permitida. Brinco com rolhas.

Se assim for, então o tempo é compressível, o que é
implausível, e reversível, o que é improvável. Alternativa-
mente, considero que abotoei o paletó, o que é provável, e
que estou no Céu, o que é possível.

Será?

Tabellae Defixionum

Eram lâminas de chumbo sobre as quais o indivíduo apunha maldições, imprecações e fórmulas mágicas para conduzir alguém à loucura, às garras de deuses infernais ou então à morte.

Desde Roma sobrevive ao tempo, com singelas variações.

São hoje escritas coletivamente.

São hoje escritas sobre papel. Papel-jornal.

Os Meninos

Nós já estávamos de volta. Era muita a poeira, e a tropeada estimulante. Muita gente embriagada. Carroças e charretes. Burros e mulas. Éguas e cavalos. De qualquer tipo, de todas as idades. Meu filho ia ao meu lado num tordilho. Orgulhoso. Eu, preocupado com a confusão, mantinha sempre a escolta. Numa parada para água, entranhei conversa com um senhor de seus cinqüenta anos. Logo o percebi civilizado. Fomos conversando por bem uns cinco quilômetros. Talvez porque eu também lhe tenha parecido civilizado.

Certa hora, o homem me disse que estava intrigado. Sem prestar qualquer atenção a mim, prosseguiu dizendo que se lembrava das questões morais da infância. Que após a primeira comunhão, foram-se misturando às religiosas. E que essas foram então se dissipando. Talvez expulsas pela testosterona, disse. Ficaram então só as morais, que se apegaram à sua alma por duas décadas de magistratura. E que, por força do destino, havia-se metido em negócios, negó-

CHORO DE HOMEM

cios públicos, e que então fora pisando em outros terrenos. Sombrios todos eles. Por lá então abandonou essas questões morais e tudo o mais que tinha. Agora estava encrencado: consigo e com os outros. Também tinha dinheiro por receber, articulações esquerdas e coisas mais pesadas. E que naquela madrugada, insone havia percebido o tropel ao seu portão. Disse que, sem pensar, encilhara sua égua e, ainda escuro, havia-se juntado à malta, à romaria então calada na neblina. Decidira pedir coisas ao Menino Jesus.

Só lá, cansado, em um longo banco da nave central, é que se apercebeu que as coisas que então pedia não se pedem a nenhum menino. Muito menos ao Menino Jesus. Disse que tomou aquilo como uma graça. Não falou mais nada.

E porque eu olhava meu menino, não sei por onde foi aquele senhor.

Toda Justa

Ela estava nos seus trinta e poucos. Voz rouca, muito suíngue, corpo exato e um sorriso largo, branco de matar. Cantava e dançava de xote a funk, passando por samba rock. Toda justa, faiscava no chiclete com banana.

Quase arrebenta a banda. Não obstante a diversidade etária, física e conjugal, tombaram todos os componentes. Apaixonados, torturados, irmanados no desejo oculto. Ela trouxe o duro aperto a todos os corações: não escapou um. Se acostou com todos eles.

Não ao mesmo tempo, é bem verdade.

O bicho mulher é perigoso. Quando canta e dança então nem se fala, leva qualquer um para o rochedo. Mesmo assim tão próxima, contemporânea, trazia à lembrança os sinistros mares gregos.

Déjà Vu

É no pôr-do-sol que vejo melhor essas coisas: minhas palmeiras. Vejo lagartas numa delas. Já estão acabando com as folhas, de cabo a rabo. Sei que buscarão outra, não ficarão todas até o fim. Há logo uma que começa a descer o longo tronco, anda para cá e para lá, se perde. Mas não param aí. Vai uma, então outra e depois outra. Vão deixar a palmeira assolada e vão subir na palmeira vizinha. Vão, mas não vão todas.

Me incomoda o programa espacial americano.

Patrícia

Toquei a campainha da rua, falei pelo interfone e subi os oito lances de escada com algum esforço. À porta, a inevitável criada marroquina me recebeu com um sorriso estrangeiro e disse que Patrícia não tardaria, que eu esperasse na sala e estivesse à vontade.

Fiquei à vontade e após alguns minutos, inquieto, comecei a explorar as estantes repletas de livros. Tão reveladores os livros, que me assustei quando a porta lateral se abriu e, sem comentários, a criada trouxe um velho numa cadeira de rodas. Como vaso, ele foi cuidadosamente posicionado junto ao rádio, onde o sol ainda batia. À distância apresentei-me cordialmente e não houve resposta. Um desafio.

O rádio foi ligado, já em alguma emissora de Madri. Lembrei-me da mãe espanhola de Patrícia e entendi que aquele era o avô.

Com a curiosidade de um cão fui me acercando, ansioso para usar o meu espanhol. Não o usava com Patrícia, não sei por quê.

CHORO DE HOMEM

Com minha proximidade, o velho comentou algo que não entendi. Sorri e disse qualquer coisa sobre a luminosidade daquela tarde. Falei forte e claramente, pois conheço surdos e crianças. Ele resmungou algo sobre luz e latitude, nada mais.

Ouvi o *noticero* até o fim, de pé a seu lado, olhando através das leves cortinas. Em paz, intrigado apenas com o "vaso", estudando meu próximo passo. Sereno, eu disse que Juan Carlos havia sido uma bênção de Deus. O velho refutou com vigor, conforme eu previra. Sei que bati forte e ele acusou o golpe. Começou por dizer que não era de Deus, mas de Franco. Disse que não foi à toa que com ele viera do Marrocos em 36, deixara uma parte de seu corpo, assim disse, em uma infernal Valência e lutara por três anos até entrar numa Madri arrasada. Até hoje sonhava com a carmelita que conhecera em Lucena del Cid. Disse que foram esses os seus anos de vida. Agora só contemplava telhados. Atividade para poetas e pintores, não para ele, um guerreiro. A coisa foi meio confusa, mas senti que havia brasa naquelas cinzas. Me entusiasmei e esbocei o próximo lance.

Comentei que meu velho avô contava histórias do império, que me encantavam como sonhos. Não manifestou maior interesse, como de fato não poderia ter por tal império. Ainda assoprando aquelas cinzas, disse forte e claramente que meu avô tinha noventa e oito anos e que isto me parecia muito. A resposta foi clara: – Depende de la intensidad.

Foi então que ele me pegou. E pegou forte. A resposta percolou minha epiderme. Penetrou minhas veias. Impregnou o meu cérebro. Contaminou meu coração, meus sentidos e minhas glândulas. Cruelmente envolveu meu espírito. Com tal intensidade que, até hoje, estou enredado naquela resposta.

Não me lembro se encontrei Patrícia.

Fim

Foi assim que fui saindo. Recolhi as redes, molhei as plantas. Guardei a louça, observando. Acertei os quadros, fechei as janelas. Apagando a luz, devagar, eu fui saindo. Encostando a porta, alentecido, fui deixando.

Soltei todos os gansos e prendi os cachorros, cada qual com seu carinho. Pus sal pro gado e pisei lento a bosta quente. Não fiquei menos que devia, não tardei mais do que podia. Fechei a porteira devagar, paulatino. Sem mágoa nem rancor, sem alegria nem saudade. Saí liso, admirando, não olhei para trás, saí flanando.

Sonhei assim minha partida. Leve, devagar, sem descaída.

Título	*Choro de Homem*
Autor	Marcos Rodrigues
Fotografias	Luciana Mendonça
Projeto Gráfico e Capa	Ricardo Assis
Preparação de Texto	Elisa Nazarian
Formato	15 x 20 cm
Tipologia	Minion
Papel	Pólen Rustic Areia 85 g/m² (miolo)
	Cartão Supremo 250 g/m² (capa)
Fotolito	MacinColor
Impressão e Acabamento	Lis Gráfica
Número de Páginas	128